ARIANE FREITAS & **JESSICA GRECCO**

O LIVRO do bem

Gratidão

por
indiretas
do bem

3ª reimpressão

GUTENBERG

Copyright © 2018 Ariane Freitas
Copyright © 2018 Jessica Grecco
Copyright © 2018 Indiretas do Bem

Todos os direitos reservados pela Editora Gutenberg. Nenhuma parte desta publicação poderá ser reproduzida, seja por meios mecânicos, eletrônicos ou em cópia reprográfica, sem a autorização prévia da Editora.

EDITORA
Silvia Tocci Masini

EDITORAS ASSISTENTES
Carol Christo
Nilce Xavier

ASSISTENTE EDITORIAL
Andresa Vidal Vilchenski

PREPARAÇÃO
Andresa Vidal Vilchenski
Silvia Tocci Masini

REVISÃO
Carla Neves
Luanna Luchesi
Mariana Faria
Samira Vilela

ILUSTRAÇÕES
Ariane Freitas

CAPA E DIAGRAMAÇÃO
Diogo Droschi

Dados Internacionais de Catalogação na Publicação (CIP)
Câmara Brasileira do Livro, SP, Brasil

Freitas, Ariane
  O livro do bem : gratidão / Ariane Freitas e Jessica Grecco. – 1. ed.; 3. reimp. – São Paulo : Gutenberg, 2020.

  ISBN: 978-85-8235-506-0

  1. Autoajuda 2. Autoconhecimento 3. Diários 4. Encorajamento (Psicologia) 5. Livro de frases 6. Livro interativo I. Grecco, Jessica. II. Título.

16-02753   CDD-158.1

Índices para catálogo sistemático:
1. Autoajuda : Autoconhecimento 158.1

A **GUTENBERG** É UMA EDITORA DO **GRUPO AUTÊNTICA**

São Paulo
Av. Paulista, 2.073, Conjunto Nacional,
Horsa I, 23º andar, Conj. 2310-2312
Cerqueira César . 01311-940
São Paulo . SP
Tel.: (55 11) 3034 4468

Belo Horizonte
Rua Carlos Turner, 420
Silveira . 31140-520
Belo Horizonte . MG
Tel.: (55 31) 3465 4500

www.editoragutenberg.com.br

RESPIRE FUNDO.

OLÁ, MEU NOME É

Gratidão

Nos últimos anos, essa palavra virou moda – estampou paredes e camisetas, foi utilizada em hashtags e em frases com ou sem contexto. Mas será que você conhece o verdadeiro valor dela? Será que a tem utilizado o suficiente? Será que você tem vivenciado a gratidão? Não a palavra bonita, conhecida, adorada por tantas pessoas, mas o sentimento real.

É o que nós queremos descobrir juntinhos aqui, exercitando um pouco a empatia, a observação, a experiência. Queremos mostrar que vale a pena ser grato. Se você já é, vai se reconhecer no percurso. Se não é, vai aprender a exercitar isso com a gente.

No dicionário,* **GRATIDÃO** é "o sentimento experimentado por uma pessoa em relação a alguém que lhe concedeu algum favor, um auxílio ou benefício qualquer". Ou seja, é uma espécie positiva de reconhecimento.

Mas na vida, gratidão é um pouco mais do que isso: é a emoção responsável por sermos capazes de expressar apreço por aquilo que temos, e não pelo que desejamos ter.

Na psicologia positiva, a gratidão também é conhecida como uma emoção que pode ser cultivada - e as consequências desse cultivo são, além de maior bem-estar e felicidade, também mais energia, otimismo e empatia, quando a direcionamos para quem nos cerca.

*Michaelis Online

VAI ME DIZER QUE ESSA NÃO É MESMO UMA PALAVRINHA MÁGICA?

PARA PREENCHER ESTE LIVRO, VOCÊ TERÁ QUE SE ARRISCAR E SAIR DA SUPERFICIALIDADE.

A ordem em que você vai fazer isso não importa, siga o seu coração. No entanto, respostas simples e impensadas não vão te ajudar – você precisa fazer uma autoanálise, sem medo do que vai descobrir.

PLAYLIST
GRATIDÃO

Trem-Bala – Ana Vilela
Minha Felicidade – Roberta Campos
Poemas Que Colori – Mariana Nolasco
Fica – Anavitória, Matheus & Kauan
Humble And Kind – Tim McGraw
Vai (Menina Amanhã de Manhã) – Tom Zé
Seven Wonders – Fleetwood Mac
Dia a Dia, Lado a Lado – Tulipa Ruiz, Marcelo Jeneci
Thank You – Dido
Over The Rainbow – What a Wonderful World – Israel Kamakawiwo'ole
Me Sinto Ótima – Banda do Mar
Give Thanks & Praises – Bob Marley & The Wailers
The Greatest – Sia
After The Storm – Mumford & Sons
Shine – Birdy
You Get What You Give – New Radicals
Midnight City – M83
Thank You – Boyz II Men
You Only Live Once – The Strokes
Alive – Pearl Jam

#DICIONÁRIO
do bem ♥

ikigai

do **japonês**, significa a busca por "uma razão de ser" – uma razão para levantar da cama pela manhã, apreciar o significado da vida. Paixão, propósito, algo pelo qual você vive. De acordo com os japoneses, todos temos um IKIGAI e, em busca dele, nos conhecemos melhor e vivemos uma vida mais próspera.

ATITUDES ANTES DE SE LEVANTAR DA CAMA:

- INSPIRAR E EXPIRAR PROFUNDAMENTE 5 VEZES.
- SORRIR SEM MOTIVO.
- EXPRESSAR GRATIDÃO.
- DEFINIR SUAS INTENÇÕES PARA AQUELE DIA.
- PERDOAR-SE PELOS ERROS DO DIA ANTERIOR.

Tsuru

Tsuru é uma ave sagrada do Japão que, segundo a lenda, vive até mil anos e acompanha os eremitas até as montanhas em suas viagens de meditação. Ela simboliza saúde, sorte, felicidade, longevidade e fortuna. A lenda japonesa também diz que, quando uma pessoa faz mil tsurus usando a técnica do origami com o pensamento focado em um desejo, ele pode se realizar.

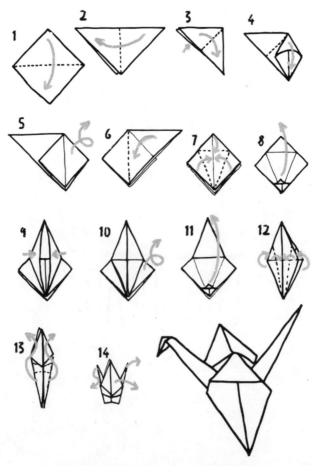

Fotografe seu tsuru e publique no Instagram com a tag #LivroDaGratidão.

GRATIDÃO É UMA PRÁTICA.
TORNE-A PRIORIDADE
EM SUA VIDA.

52 SEMANAS DE GRATIDÃO

Registre aqui, uma vez por semana, as coisas que mereceram sua gratidão nesse período. Após um ano, você terá uma visão incrível de tudo o que passou.

1.
2.
3.
4.
5.
6.
7.
8.
9.
10.
11.
12.
13.
14.

15.
16.
17.
18.
19.
20.
21.
22.
23.
24.
25.
26.
27.
28.
29.
30.
31.
32.
33.

34.
35.
36.
37.
38.
39.
40.
41.
42.
43.
44.
45.
46.
47.
48.
49.
50.
51.
52.

POTE DA GRATIDÃO

Imagine se a gente pudesse guardar todos os momentos especiais da nossa vida num potinho para lembrarmos deles sempre que der vontade? O potinho da gratidão, conhecido por aí como *Gratitude Jar*, torna esse sonho mais próximo.

Pegue um potinho. Todos os dias, anote num papelzinho algo pelo qual você está grato e coloque dentro do potinho. Vale tudo: um encontro inesperado, uma refeição gostosa, um sentimento bom e até gratidão a si mesmo por ter chegado até ali.

Depois, você pode sempre reler os papeizinhos para se lembrar das coisas boas que guardou.

MEDITAÇÃO PARA INICIANTES!

A capacidade de respirar e deixar sua mente relaxar por alguns minutos para meditar já está em você! Só é preciso um espaço tranquilo. Você vai se surpreender depois que passar a adotar essa prática!

1. SENTE-SE OU DEITE-SE EM UMA POSIÇÃO CONFORTÁVEL.
2. FECHE OS OLHOS.
3. RESPIRE DEVAGAR. DEIXE FLUIR.
4. CONCENTRE-SE NA SUA RESPIRAÇÃO E EM COMO O SEU CORPO SE MOVIMENTA CADA VEZ QUE VOCÊ INSPIRA E EXPIRA. OBSERVE SEU CORPO: OMBROS, CAIXA TORÁCICA, BARRIGA... FOQUE SUA ATENÇÃO NA RESPIRAÇÃO, SEM CONTROLAR RITMO OU INTENSIDADE.
5. SE PERCEBER QUE ESTÁ SE DISTRAINDO, VOLTE A FOCAR NA RESPIRAÇÃO.
6. COMECE COM DOIS OU TRÊS MINUTOS POR DIA. QUANDO SE SENTIR CONFORTÁVEL, ARRISQUE PERÍODOS MAIS LONGOS.

MEDITAR...

Leva ao autoconhecimento! Você sabe que não há relacionamento mais importante do que o que você tem consigo mesmo, né?

Ajuda a relaxar! E é por isso que tanta gente procura a meditação quando está em busca de paz, como uma forma de controlar o estresse.

Estimula a gratidão! Como você fica mais atento ao que acontece ao seu redor e àquilo que tem feito diferença na sua vida, também aprende a agradecer muito mais, e a sensação de satisfação só cresce.

VAMOS PRATICAR JUNTOS UM POUQUINHO POR DIA?

meus PRIVILÉGIOS

ESCREVA OU DESENHE AQUILO QUE FAZ VOCÊ SE SENTIR SORTUDO DIANTE DA VIDA :)

"Não é estranho como nos lembramos das coisas mais triviais do nosso cotidiano e, ainda assim, constantemente nos esquecemos das coisas mais importantes?"

Fábio Moon & Gabriel Bá, *Daytripper*

INSPiRE...

...EXPIRE!

#DICIONÁRIO do bem

wabi-sabi

(*wabi*: quietude; *sabi*: simplicidade)
É uma filosofia de vida em que aprendemos a ver a beleza mesmo nas coisas imperfeitas, que não são permanentes e não estão completas. Focado em aceitar pacificamente o ciclo natural de evolução e decadência, *wabi-sabi* é um estilo de vida abrangente no Japão e está relacionado às doutrinas do desapego.

E VOCÊ? DO QUE PRECISA SE DESAPEGAR PARA DESCOBRIR O VERDADEIRO VALOR DA VIDA?

TUDO BEM NÃO SE SENTIR GRATO DE VEZ EM QUANDO. NÃO MINTA PRA SI MESMO NEM FORCE A BARRA.

É importante sentir-se grato, mas você não pode cobrar demais de si mesmo na hora de listar motivos para agradecer, pois vai acabar acreditando que nunca agradece o suficiente, e em vez de o sentimento de gratidão trazer coisas boas para a sua vida, trará cobranças e infelicidade.

Contraditório, não é? Mas acontece... Então, nada de pensar que sua vida não é tão boa ou que você não tem muito para colocar nessa lista. Não acredite nesse pensamento! Concentre-se na qualidade e não na quantidade de coisas pelas quais você é grato. Você não precisa ter muito na sua lista, só precisa ser honesto consigo mesmo.

meus TALENTOS

ESCREVA NESTA PÁGINA AS COISAS QUE VOCÊ ACREDITA SER REALMENTE BOM MESMO SEM SABER PORQUÊ.

#xô negatividade!

Existem padrões que podemos quebrar de forma simples: não alimente aqueles pensamentos que estão sempre te atormentando e te colocando para baixo. Tente ser mais racional e aprenda a ignorá-los.

A gente nem sempre para pra pensar nisso, mas diga, com sinceridade, o que você acredita ser **o seu pior**?

JÁ PAROU PARA PENSAR EM QUANDO ELE MAIS APARECE?

Pois bem, agora que você já pensou nisso, conte abaixo como acredita que pode transformar o seu pior em algo bom. Assim, quando você sentir que ele está vindo à tona, poderá tirar proveito disso.

----

invista sua energia no momento presente.

DESCREVA AGORA SUAS MAIORES QUALIDADES

(SEJA HONESTO! NÃO PRECISA FAZER MÉDIA.)

NÃO SEJA TÃO DURO CONSIGO MESMO."

ESCREVA UMA CARTA PARA SEU "EU" DO FUTURO. MARQUE UMA DATA PARA ABRI-LA.

.... / .... / ....

Faça uma limpeza no seu armário. Dê adeus àquelas roupas que você guarda na esperança de que um dia caibam. Separe também as peças que você não costuma usar. Doe aquilo que estiver em bom estado, desfaça-se do que não serve mais para uso. Deixe espaço na sua vida apenas para o que está em movimento.

#DICIONÁRIO do bem ♥

eshajori

do **japonês**, significa "aqueles que se encontram devem se separar" ou "nos encontramos apenas para nos separar"; o conceito expressa a ideia da impermanência de todas as coisas, que cada relação humana vai acabar um dia, graças à natureza transitória da vida.

TODOS QUE PASSAM POR NÓS DEIXAM SUA MARCA, E ISSO É QUE TORNA ESSA PASSAGEM TÃO IMPORTANTE, MESMO QUANDO VÃO EMBORA. SEJA GRATO TAMBÉM POR ESSAS PESSOAS.

NÃO TENHA MEDO DE ESTAR SOZINHO

SAIBA APRECIAR SUA PRÓPRIA COMPANHIA.

Segundo o dicionário,* resiliência é a "capacidade de rápida adaptação ou recuperação". Isso mesmo. Resiliência é a qualidade que permite com que sejamos derrubados pela vida e depois voltemos mais fortes do que nunca. Ela impede que o fracasso drene nossa determinação, encontrando maneiras de nos reerguer. Segundo psicólogos, alguns dos fatores que tornam alguém mais resiliente são: atitude positiva, otimismo, controle das emoções e o uso do fracasso como uma forma de lição.

*Michaelis Online

VOCÊ TEM SIDO UMA PESSOA RESILIENTE?

Ser grato é uma escolha que vai estar presente inclusive em momentos de perda. Você pode escolher sorrir e seguir em frente ou chorar por algo que não vai mudar. O que vai ser?

QUAIS SITUAÇÕES TÊM DUAS INTERPRETAÇÕES NA SUA VIDA E MERECEM ESSE OLHAR?

ABRACE AS MUDANÇAS QUE VIEREM.

minhas CRENÇAS & VALORES

PREENCHA ESTA PÁGINA COM O QUE VOCÊ ACREDITA E OS VALORES QUE FORMAM SEU CARÁTER.

AS MELHORES coisas DA VIDA não são COISAS

COISAS BOAS DA VIDA:

PEQUENAS COISAS QUE TE ARRANCARAM SORRISOS ESSA SEMANA:

"Se você precisar de uma pausa, está tudo bem dizer que precisa de uma pausa. Esta vida não é um concurso, nem uma corrida, nem uma performance, nem uma coisa que você ganha. Está tudo bem desacelerar."

Jamie Tworkowski, *If You Feel Too Much: Thoughts on Things Found and Lost and Hoped For*

AGRADEÇA SEMPRE COM ALEGRIA O QUE A VIDA LHE OFERECE.

DESCREVA AQUI UM DOS MOMENTOS EM QUE VOCÊ CONSEGUIU SENTIR GRATIDÃO COM MAIS INTENSIDADE.

Não subestime uma SONECA

Lembretes

para você recortar e distribuir por aí!

- SORRIA!
- não desista
- as coisas vão melhorar
- Tudo vai ficar bem
- Você é lindo
- É um lindo dia!
- Bola pra frente
- #SEXTOU

O QUE VOCÊ ACOMPANHA PARA TE MANTER DE BEM COM A VIDA? :) LISTE AQUI TV, YOUTUBE, BLOGS, LIVROS, INSTAGRAM... VALE TUDO.

Fotografe e publique no Instagram com a tag #LivrodaGratidão.

#LEMBRETE

Seja grato por quem você é hoje e continue lutando para ser a pessoa que quer ser amanhã. Quando você é grato pelo que já tem, pode conseguir mais. No entanto quando você se concentra no que não tem, nunca terá o suficiente.

PESSOAS FORTES
NÃO DESPERDIÇAM
TEMPO SENTINDO
PENA DE SI MESMAS.

ESCREVA UMA CARTA AGRADECENDO A ALGUÉM QUE FEZ A DIFERENÇA EM SUA VIDA.

Use sua energia e inteligência com sabedoria. Não perca tempo com pensamentos improdutivos.

SUBSTITUA PENSAMENTOS ~~NEGATIVOS~~ POR PENSAMENTOS PRODUTIVOS.

PENSAMENTO NEGATIVO < PENSAMENTO PRODUTIVO

.... < ....
.... < ....
.... < ....
.... < ....
.... < ....
.... < ....
.... < ....
.... < ....
.... < ....
.... < ....
.... < ....
.... < ....

#DICIONÁRIO do bem ♥

gunnen

do **holandês**, significa ser grato pelas experiências positivas dos outros. Sabe quando você olha para alguém se dando bem depois de tanto esforço e pensa: "Ele merece!"? Então. É esse o sentimento.

QUANTAS VEZES VOCÊ JÁ SORRIU PELA VITÓRIA DOS AMIGOS?

VOCÊ LEMBRA QUAL FOI A ÚLTIMA VEZ QUE DISSE ALGO BOM A ALGUÉM? QUE TAL TENTAR AGORA?

RECEITA
GUACAMOLE

Um prato simples e apetitoso para você comer acompanhado de nachos.

Ingredientes:
- ✓ 2 abacates grandes
- ✓ 1 cebola-roxa cortada em cubinhos
- ✓ 1 tomate maduro cortado em cubinhos
- ✓ 2 limões
- ✓ 1 pimenta-dedo-de-moça sem sementes
- ✓ Folhas de coentro
- ✓ Sal a gosto

Modo de preparo:
1. Divida os abacates ao meio e retire o caroço.
2. Coloque toda a polpa dos abacates em uma tigela e amasse com um garfo, formando uma espécie de purê. Não precisa amassar muito, mas é importante que não restem pedaços muito grandes.
3. Corte a pimenta em pedaços bem pequenos. É importante que ela esteja sem as sementes, pois elas deixam o prato excessivamente picante.
4. Pique as folhas de coentro e reserve.
5. Esprema os limões.
6. Adicione tomate, cebola, pimenta, coentro, sal e suco do limões ao abacate amassado e misture bem.

PLAYLIST
RELAX
para ouvir e desligar

Om – Hippie Sabotage
Seven Devils – Florence + The Machine
Ready, Able – Grizzly Bear
New Year's Prayer – Jeff Buckley
Is This Love – Bob Marley & The Wailers
Breathe Me – Sia
trip.fall. – Denitia and Sene
Here Comes The Sun – The Beatles
Dreams – Blood Diamonds
Leaf off / The Cave – José González
Milk – Garbage
Let's Be Still – The Head and the Heart
Cherry Wine – Hozier
Old Pine – Ben Howard
Gold – Chet Faker
La Femme Parallel – Thievery Corporation
River – Leon Bridges
Creating a Dream – Xavier Rudd
Intro – The xx
Always – Panama

Lucky Stars

Lucky stars, ou estrelas da sorte, são dobraduras de estrelas feitas com tiras de papel para presentear ou fazer desejos. A lenda diz que, se você fizer um certo número e queimá-las, seus desejos se realizam. Mas o que é mais legal nas estrelinhas é que você pode escrever seu pedido na tirinha de papel antes de dobrá-la e, assim, colecioná-las, em uma jarra, como um símbolo de sorte.

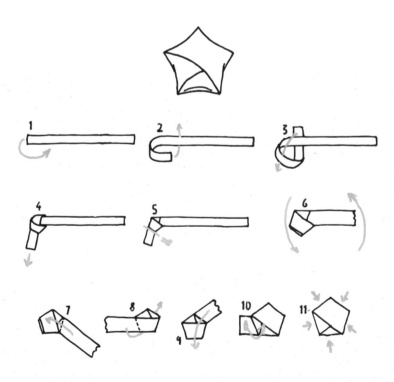

Fotografe e publique no Instagram com a tag #LivrodaGratidão.

Obrigada, VIDA

OBRIGADO, Vida

Talvez você esteja apenas focando no fato de que ela não está indo na direção que você gostaria. Mas imagine se todo mundo tivesse tudo o que quer o tempo todo? Não ia dar muito certo.

Essa é a hora de mudar o foco do seu pensamento.

A GRATIDÃO NOS AJUDA A ENXERGAR O QUE TEMOS EM VEZ DE SOFRER PELO QUE NÃO TEMOS.

detox do bem

Desafio: 30 dias em busca de gratidão & saúde mental

1 Faça uma caminhada de pelo menos meia hora, reparando nos locais por onde você passa e nas pessoas que vê.	2 Acorde 30 minutos antes do horário para meditar.	3 Passe o dia todo sem reclamar.
4 Alongue seus músculos.	5 Cozinhe algo especial para o jantar.	6 Ligue para alguém que você ama.
7 Crie um mantra com aquilo que você precisa reforçar, para repetir para si todas as manhãs.	8 Livre-se de pelo menos 5 itens que você nunca usa. Podem ser objetos ou peças de roupa.	9 Encoraje algum amigo.
10 Converse com um estranho, ouvindo atentamente o que ele tem a dizer.	11 Fique longe das redes sociais um pouco.	12 Dia de se montar! Fique maravilhoso(a), mesmo que seja apenas para se curtir em frente ao espelho.
13 Crie uma nova rotina matinal.	14 Faça uma lista do que você precisa perdoar. Tente descobrir o que está te impedindo.	15 Faça algo criativo e imprevisível.

FAÇA UMA TAREFA POR DIA E COMPARTILHE NO INSTAGRAM COMO SE SENTIU COM A HASHTAG #LivrodaGratidão PRA GENTE ACOMPANHAR JUNTO!

16	17	18
Sente-se e assista ao pôr-do-sol.	Não pense demais. Esteja presente.	Tome um banho bem gostoso! Se tiver banheira, aproveite para usar sais de banho! Relaxe!
19	**20**	**21**
Almoce fora hoje: encontre um lugar onde bata um pouco de sol.	Faça uma lista de objetivos que você pode realizar a curto prazo.	Beba pelo menos 2 litros de água.
22	**23**	**24**
Organize seu quarto ou sua mesa. Desapegue dos excessos.	Tente um exercício físico novo.	Assista a um documentário.
25	**26**	**27**
Faça algo que você tem adiado.	Planeje um café com um amigo.	Liste as pequenas bênçãos que você presenciou hoje.
28	**29**	**30**
Crie uma nova playlist com músicas que te fazem relaxar.	Siga um conselho que você adora dar, mas nunca pratica.	Pesquise algo que vá melhorar suas habilidades.

LISTE AQUI 10 COISAS PELAS QUAIS VOCÊ É GRATO HOJE.

1 ....
2 ....
3 ....
4 ....
5 ....
6 ....
7 ....
8 ....
9 ....
10 ....

ESCREVA AQUI ALGO QUE VOCÊ SE ESFORÇOU MUITO PARA FAZER E QUE DEU CERTO. :)

VISITE ESTA PÁGINA SEMPRE QUE SE SENTIR DESMOTIVADO.

respiração

Você sabia que controlar a respiração mantém seu corpo e mente funcionando bem e ainda ajuda a diminuir a pressão arterial? Pois é! Com uma respiração controlada, você melhora a sua produção e aproveita uma sensação de calma e relaxamento. É por isso que tantos especialistas incentivam o uso da respiração para aumentar a concentração. E você pode praticar em qualquer lugar!

Estresse, problemas e frustrações infelizmente podem ser companhias constantes, mas a boa notícia é que a nossa respiração também sempre está com a gente e pode nos ajudar a lidar com esses males.

#DICIONÁRIO
do bem ♥

latibule

do **inglês**, é a palavra usada para definir um esconderijo, um pequeno lugar onde ninguém pode te encontrar, onde você se sinta seguro e confortável.

VAI ME DIZER QUE VOCÊ NÃO TEM AQUELE LUGAR PARA ONDE ESCAPAR QUANDO NÃO QUER SER ENCONTRADO?

Todo momento é único. Publique uma foto no Instagram com a tag #LivrodaGratidão celebrando o seu momento.

VOCÊ TAMBÉM PODE IMPRIMI-LA E COLAR NESTA PÁGINA!

Tudo PASSA!

LISTE AQUI COISAS QUE IMPORTARAM HÁ UM TEMPO ATRÁS, MAS QUE HOJE SÃO INDIFERENTES NA SUA VIDA.

medite diariamente.

MEDITAR APURA SEU FOCO E SUA CONCENTRAÇÃO E TE AJUDA A SER UMA PESSOA MAIS GRATA DIANTE DA VIDA.

NÃO FIQUE REPETINDO ERROS E ESPERANDO <u>NOVOS</u> <u>RESULTADOS</u>.

VOCÊ É RESPONSÁVEL
PELO SEU COMPORTAMENTO.

#Xô negatividade!

Muito cuidado com a sensação de que você pode adivinhar o que os outros estão sentindo ou pensando. Ao absorver tudo sem questionar, você permite que seu emocional tome as rédeas da sua vida e te faça se sentir mal por coisas que nem sequer são reais. Quando se sentir em dúvida a respeito de algo ou alguém, questione – nada de deduzir as respostas. Afinal, um bom relacionamento tem como base o diálogo.

APRECIE o silêncio

DESLIGUE-SE DOS ELETRÔNICOS POR PELO MENOS UMA HORA. COMO VOCÊ USOU ESSE TEMPO?

desconecte-se

A gente recebe muita informação todos os dias. Já parou para prestar atenção em como você pode reduzir esse ruído para conseguir focar no que realmente importa? Desligue os eletrônicos quando não estiver usando. Siga perfis inspiracionais nas redes sociais e deixe de seguir aquilo que te influencia negativamente, causa inveja ou drena sua energia.

E SE VOCÊ ACORDASSE HOJE APENAS COM AQUILO PELO QUE VOCÊ *agradeceu* ONTEM?

meus LIKES!

COLOQUE AQUI
O QUE VOCÊ
MAIS CURTE FAZER.

"Ah, eu só quero o leve da vida pra te levar / E o tempo para, ah / É a sorte de levar a hora pra passear"

Anavitória, "Trevo"

MINHAS MANEIRAS FAVORITAS DE EXPRESSAR *Gratidão*

Em vez de apenas escrever algumas frases aqui, que tal mandar uma mensagem para quem te inspirou, agradecendo por isso?

mindfulness

Mindfulness, que em português é definido como "atenção plena", é a prática de focar no presente. Essa técnica é poderosa porque ajuda a retirar o hábito de pensamentos sobre o futuro ou o passado, que criam ainda mais pressão no seu cotidiano. Em vez de deixar sua vida passar por você, viva o momento e desperte para sua experiência atual, sabendo que tudo muda o tempo todo e você só pode conhecer o agora. Respire fundo e aproveite o momento.

OBSERVE O MUNDO AO SEU REDOR POR ALGUNS MINUTOS.

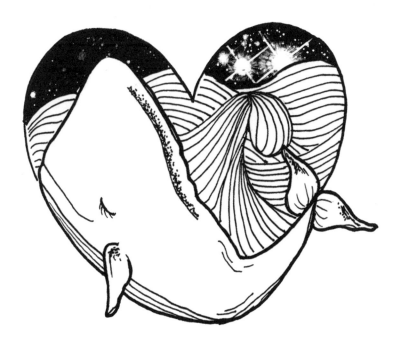

Como você descreveria os barulhos,
as formas e os cheiros que sentiu?

É HORA DA GRATIDÃO!

Programe seu alarme para tocar de hora em hora.
Assim que ouvi-lo, lembre-se de agradecer.

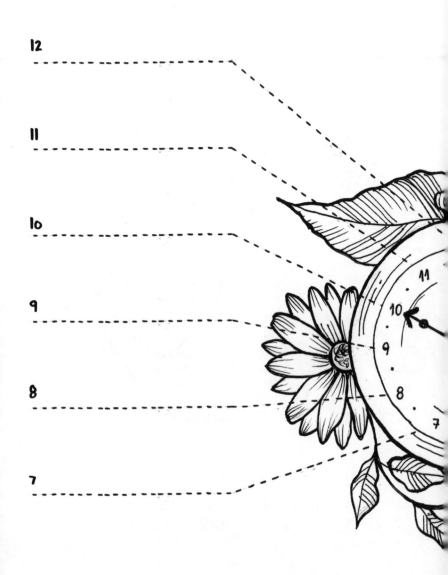

USE ESTA PÁGINA PARA REGISTRAR QUAL FOI A SUA LEMBRANÇA TODAS AS VEZES EM QUE A GRATIDÃO TOCOU SEU CORAÇÃO.

O QUE TEM NA SUA BOLSA?

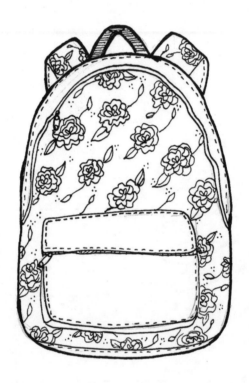

Escolha uma bolsa ou mochila para ser sua aliada diária. Se você já tem uma, esvazie-a e limpe o interior dela. Com todo o lixo fora do caminho, escolha as coisas que você sabe serem essenciais no seu dia a dia e coloque-as lá de forma organizada. Nada de acumular! Mantenha-a sempre limpa e em ordem, para que esteja em mãos em todos os momentos e funcione como uma ferramenta facilitadora no seu dia a dia.

Fotografe e publique no Instagram com a tag #LivrodaGratidão.

Para repetir quando os momentos ficarem difíceis:

EU AGRADEÇO POR ESTAR VIVO, POR SER CAPAZ DE RESPIRAR, PELO PRESENTE E PELAS PESSOAS QUE TENHO AO MEU LADO HOJE.

AVALIE SEUS VALORES
SEMPRE.
E, SE FOR PRECISO,
MUDE-OS.

EXISTE ALGO QUE VOCÊ
MUDARIA HOJE? O QUÊ?

é hora de diminuir o ritmo

Não permita que qualquer agitação que você tem vivido te deixe estressado! Sua respiração te ajuda a desacelerar: respire fundo algumas vezes, prestando atenção. Aos poucos, você vai perceber que tudo vai ficar mais calmo.

INFINITAMENTE MAIS CALMO

Que tal relaxar com um exercício bem simples de respiração?

Coloque seu dedo (ou um lápis, caso prefira) no centro do desenho. Enquanto acompanha as setas, inspire e expire de acordo com as coordenadas. Faça a volta completa pelo menos 15 vezes.

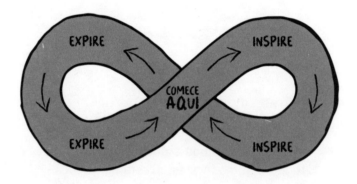

COLOQUE PARA FORA AQUILO QUE TEM TE DEIXADO ANSIOSO.

AGORA, ARRANQUE
E DESTRUA A PÁGINA ANTERIOR.
PERMITA QUE A ANGÚSTIA
VÁ EMBORA COM ELA.

#DICIONÁRIO do bem ♥

ujut

do **búlgaro/russo**, é aquele momento em que você está em paz, à vontade consigo mesmo ou com seus amigos, experimentando a sensação de pertencimento e aceitação, em um ambiente confortável.

Ficamos frequentemente tão presos ao nosso próprio mundinho, acreditando que nossos problemas – até os mais triviais! – são o que realmente importam, que acabamos nos afundando em vitimização e ignorando as coisas boas que estão ali, tão claras, prontas para serem agradecidas e aproveitadas.

Em vez de se apegar às coisas ruins ou comparar com algo que você imagina que possa estar melhor, olhe para o que há de positivo em sua vida. Seu dia a dia será mais leve.

Praticar a gratidão no cotidiano é o que nos torna resilientes nesse mundo tão cheio de mudanças. E a resiliência melhora nossa saúde mental.

Treine sua mente para ver o lado bom em tudo.

NADA DE CHORAR PELO LEITE DERRAMADO!

PRECISO PARAR DE ME PUNIR POR	COISAS QUE FAÇO BEM E MERECEM SER ENALTECIDAS
-------------------	-------------------
-------------------	-------------------
-------------------	-------------------
-------------------	-------------------
-------------------	-------------------
-------------------	-------------------

NÃO SE PUNA POR AQUILO QUE NÃO TEM VOLTA,

OLHE PARA FRENTE.

PREENCHA AS NUVENS COM PENSAMENTOS POSITIVOS.

COMECE A PRATICÁ-LOS AGORA.

TENTE SER SEMPRE
UM POUCO MAIS BONDOSO
DO QUE O NECESSÁRIO.

TREAT YO SELF

COISAS QUE VOCÊ FAZ QUANDO PRECISA RELAXAR. QUE TAL SE PREMIAR COM AO MENOS UMA DELAS HOJE?

RECEITA
SUCO RELAXANTE

Anda tendo dificuldade para relaxar? Insônia? Experimente esse suco natural com ingredientes de propriedades calmantes para diminuir o ritmo.

Ingredientes:
- ✓ Casca de 1 maçã inteira
- ✓ 1 colher de sopa de camomila
- ✓ Polpa de 2 maracujás
- ✓ 2 xícaras de água

Modo de preparo:
1. Ferva a casca da maçã por 10 minutos.
2. Com a casca já fora do fogo, adicione a camomila e reserve por alguns minutos.
3. Coe a mistura resultante.
4. No liquidificador, adicione a polpa dos maracujás, a mistura da casca da maçã e da camomila coada e alguns cubos de gelo.
5. Bata bem.
6. Coe o suco e adoce com mel.

Prontinho! Faça desse suco uma parte da sua rotina!

PLAYLIST
CANTE
Para cantar a plenos pulmões

Walkin' On Sunshine – Katrina & The Waves
Happy – Pharrell Williams
Shiny Happy People – R.E.M.
Don't Stop Me Now – Queen
Wake Me up Before You Go-Go – Wham!
Don't Stop Believin' – Journey
Don't Worry Be Happy – Bobby McFerrin
Dancing Queen – ABBA
Take On Me – a-ha
Dancing in the Moonlight – Toploader
I'll Be There For You – The Rembrandts
Grace Kelly – MIKA
We Built This City – Starship
Signed, Sealed, Delivered (I'm Yours) – Stevie Wonder
Kung Fu Fighting – Carl Douglas
Party In The U.S.A. – Miley Cyrus
Don't Go Breaking My Heart – Elton John, Kiki Dee
Build Me Up Buttercup – The Foundations
I Believe In A Thing Called Love – The Darkness
The Final Countdown – Europe

Sakura

Flor de cerejeira, conhecida como sakura, é a flor nacional do Japão. A cerejeira fica pouco tempo florida, por isso suas flores representam a fragilidade da vida, e sua maior lição é aproveitar intensamente cada momento, pois o tempo passa rápido e a vida é curta.

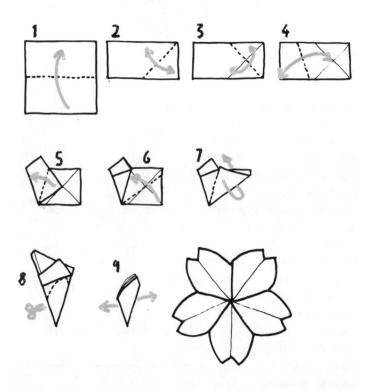

Fotografe e publique no Instagram com a tag #LivrodaGratidão.

MAS AS LEMBRANÇAS
FICAM NO CORAÇÃO.
APRECIE CADA INSTANTE.

BINGO DA GRATIDÃO.

VÁ MARCANDO OS ITENS QUE VOCÊ JÁ APRENDEU A AGRADECER.

B	I
Eu sou bom em... ------------------- ------------------- -------------------	Saí para comer minha sobremesa favorita.
3 coisas pelas quais fui grato hoje: ------------------- ------------------- -------------------	Fiz um café para alguém especial.
Eu me orgulho de: ------------------- ------------------- -------------------	Cantei no karaokê e foi libertador.
Passei tempo de qualidade com a minha família.	Maratonei uma série.
Hoje eu finalmente consegui... ------------------- ------------------- -------------------	Deitei na roupa de cama recém-trocada e aproveitei o cheirinho e a sensação por alguns minutos.

N	G	O
Passei um dia inteiro sem reclamar!	3 coisas que ainda não fiz, mas gostaria: ------------------- ------------------- -------------------	Minha parte favorita do dia foi... ------------------- ------------------- -------------------
Não entrei em uma discussão idiota na internet.	3 coisas que nunca imaginei que faria e fiz: ------------------- ------------------- -------------------	Reconheci algo de positivo na minha vida. ------------------- ------------------- -------------------
RESPIRE FUNDO	Mandei uma mensagem agradecendo alguém improvável. ___/___/___ Para: _____ -------------------	Me sinto bem quando: ------------------- ------------------- -------------------
Comemorei algo com os amigos.	Dei carinho para um pet.	Recebi uma ligação/mensagem de alguém inesperado.
Revi fotos antigas e sorri.	Li um livro muito bom. LIVRO: --------------- ------------------- -------------------	Passei o dia sem me preocupar com pequenas coisas.

O QUE VOCÊ ESTÁ SENTINDO?

Aceite os seus sentimentos,
mas nunca permita que eles te controlem.

DIZER "OBRIGADO" FAZ BEM PARA VOCÊ E PARA QUEM VOCÊ AGRADECE TAMBÉM!

COLOQUE AQUI OS
MELHORES ELOGIOS QUE
VOCÊ JÁ RECEBEU. :)

Os momentos que você vive são preciosos. Experimente guardar as recordações também *off-line*: imprima suas fotos favoritas, de registros com os amigos a passeios que você amou fazer. Espalhe-as pela casa, dê visibilidade para as boas lembranças.

ESTÁ TENDO UM DIA DIFÍCIL?

FAÇA UMA LISTA DAQUILO
QUE VOCÊ QUER AGRADECER.
ISSO VAI TE AJUDAR
A FICAR MAIS FORTE.

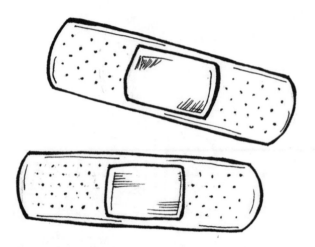

meus
CURATIVOS

Observe as ferramentas que você usa para escapar das dores do dia a dia, aquilo que te distrai e te relaxa. Complete os curativos com o nome delas.

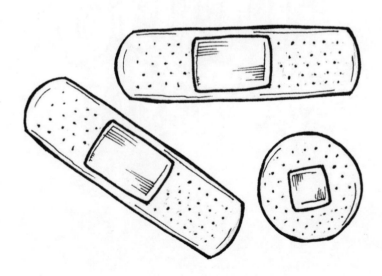

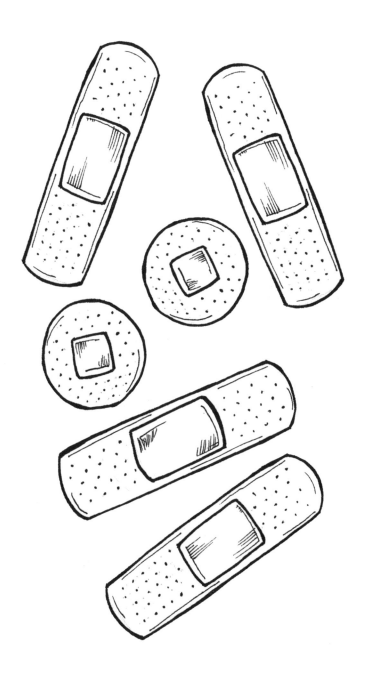

a GRATIDÃO muda tudo

#Xô negatividade!

Coloque-se sempre no lugar do outro. Pode parecer muito difícil, mas comece tentando simplesmente olhar a situação de várias outras perspectivas. O importante é se lembrar de que seu ponto de vista não é o único e não explodir antes de considerar que todo o restante do mundo também pode estar passando por dificuldades ao mesmo tempo que você.

#DICIONÁRIO
do bem ♥

verstehen

do **alemão**, "compreensão significativa"; é o conceito de se colocar no lugar do outro para enxergar da perspectiva dele e, assim, entendê-lo melhor. A famosa e indispensável "empatia".

O mundo não te deve NADA!!!

Esteja pronto para trabalhar! Para que as coisas deem certo, você vai precisar de esforço.

Faça da internet sua grande aliada! Em vez de apelar para ela só na hora de dar boas risadas, colecionar gifs, paquerar ou criar uma realidade completamente alternativa para viver, você pode construir muito conhecimento. Isso mesmo! Use todo o potencial que a internet lhe oferece para aprender. Tutoriais, guias, DIY (*do it yourself*), há uma gama enorme de conteúdos que vão impulsionar sua carreira e sua vida. Siga pessoas que te inspiram. Busque assuntos interessantes. Tem muita coisa legal a distância de um clique!

LISTE TUDO O QUE VOCÊ FEZ E QUE TE DÁ ORGULHO. PODE SER DO MAIS SIMPLES AO MAIS COMPLEXO.

ANOTE AQUI OS LIVROS QUE MAIS TE INSPIRARAM.

Fotografe e publique para que seus amigos possam se inspirar! Não se esqueça de colocar a tag **#LivrodaGratidão** pra gente ver também!

Use a leitura como uma forma de manter a sua mente relaxada e focada. Que tal preparar uma lista de 10 livros para ler nos próximos 365 dias e se propor a vencer o desafio?

1
Livro: ....
O que achei: ....

2
Livro: ....
O que achei: ....

3
Livro: ....
O que achei: ....

4
Livro: ....
O que achei: ....

5
Livro: ....
O que achei: ....

6
Livro: ....
O que achei: ....

7
Livro: ....
O que achei: ....

8
Livro: ....
O que achei: ....

9
Livro: ....
O que achei: ....

10
Livro: ....
O que achei: ....

COISAS QUE ESTOU AMANDO NESTE MOMENTO DA VIDA:

O QUE EU
PRECISO
FAZER:

- LER
- RELAXAR
- TIRAR UMA SONECA
- TOMAR UM BANHO RELAXANTE
- ....
- ....
- ....
- ....
- ....
- ....
- ....

Quando estiver se sentindo triste ou ansioso, escute música. Isso mesmo! Ouvir suas músicas preferidas faz o cérebro liberar uma substância chamada dopamina, que causa a sensação de prazer. Você vai se sentir mais feliz e relaxado.

Precisa de uma inspiração? Ouça todas as nossas playlists!
http://indiretasdobem.com.br/blog/tag/playlist

UMA VOLTINHA NAS ESTRELAS

Hora do exercício de respiração! Para começar, coloque seu dedo (ou um lápis, caso prefira) em qualquer um dos lados que indicam "inspire". Siga, então, para o "segure" e, em seguida, expire. Continue seguindo as instruções até dar pelo menos 5 voltas na estrela.

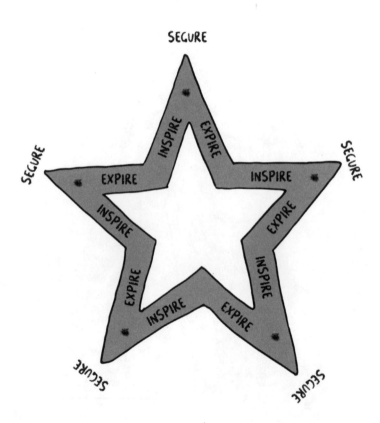

QUANDO FOI
A ÚLTIMA VEZ
QUE VOCÊ FEZ
ALGO LEGAL
POR ALGUÉM?

#DICIONÁRIO do bem ♥

nam-jai

do **tailandês**, em uma tradução literal, significa "água do coração". Mas a expressão, muito importante na cultura tailandesa, expressa a bondade sincera e a verdadeira vontade de ajudar os outros antes mesmo que eles peçam, sem esperar nada em troca.

SABE AQUELA PESSOA QUE FAZ SACRIFÍCIOS PELOS AMIGOS? ELA TEM NAM-JAI!. E VOCÊ?

Como você AGRADECEU hoje?

NENHUM DEVER É
MAIS URGENTE
DO QUE O DE RETORNAR
UM AGRADECIMENTO.

ALEGRE-SE COM O SUCESSO DAS OUTRAS PESSOAS!

MESMO QUE
NÃO CONHEÇA O DESTINO...
SIGA EM FRENTE.

PEQUENOS MILAGRES QUE PRESENCIEI AO LONGO DA MINHA VIDA:

Da próxima vez que você tomar banho, feche os olhos e permita-se sentir a água tocando a sua pele.

COMO VOCÊ SE SENTE?

NEM SEMPRE O QUE DESEJAMOS ACONTECE,
MAS NÃO É MELHOR ASSIM?
LISTE AQUI AS PERDAS QUE,
NA VERDADE, FORAM LIVRAMENTOS:

SORTE ou AZAR

CONTINUE FELIZ!

A GRATIDÃO PARECE NÃO SAIR TÃO NATURALMENTE QUANTO AS RECLAMAÇÕES, MAS ELA TEM MUITO MAIS VALOR.

Pegue uma caneta e um papel, ou use seu computador, sente-se e comece a escrever: "Eu sou grato por..."

Escreva, porque as palavras são poderosas – não as jogue ao vento. Não são as pessoas felizes que são gratas: São as pessoas gratas que são felizes. Releia sempre que estiver fraquejando.

5 COISAS INCRÍVEIS QUE ACONTECERAM DURANTE A SEMANA PASSADA

1 ....

....

2 ....

....

3 ....

....

4 ....

....

5 ....

VOCÊ AGRADECEU POR ELAS?

USE ESTA PÁGINA PARA PEDIR DESCULPAS AOS OUTROS, MAS, PRINCIPALMENTE, A VOCÊ MESMO.

Perdoe-se e siga em frente.

ANOTE AQUI OS CONSELHOS QUE VOCÊ MAIS USOU AO LONGO DA VIDA.

#DICIONÁRIO
do bem ♥

gezelligheid

do **holandês**, é o aconchego, calor e conforto que sentimos quando estamos em casa, ou junto com amigos e entes queridos, compartilhando tempo em um ambiente agradável.

RECEITA
PUDIM DE LEITE

Que tal aquela pausa para uma *comfort food*? Para adoçar sua vida e a de quem você ama, que tal um pudim delicioso e simples de fazer?

Ingredientes:
- ✓ 3 ovos
- ✓ 1 lata de leite condensado
- ✓ 1 lata de leite (medida na lata de leite condensado)
- ✓ 4 colheres de açúcar

Modo de preparo:
1. Pré-aqueça o forno a 180°C por pelo menos 10 minutos.
2. Bata os ovos no liquidificador por 10 minutos.
3. Adicione os ovos batidos, o leite condensado e o leite. Bata por 3 minutos.
4. Leve o açúcar ao fogo e mexa até que forme uma calda. Reserve.
5. Despeje a calda numa forma com um furo no meio e, em seguida, despeje a mistura do pudim sobre a calda.
6. Leve ao forno e deixe por 40-50 minutos, até que fique dourado.

PLAYLIST
A VIDA É TOP
Para lembrar que a vida é incrível

The Less I Know The Better – Tame Impala
Bury Us Alive – STRFKR
Put Your Number In My Phone – Ariel Pink
I Follow You – Melody's Echo Chamber
Killin' The Vibe – Ducktails
It's Real – Real Estate
Céu azul – Charlie Brown Jr, Vintage Culture, Santti
Is That For Me – Alesso, Anitta
So Good At Being in Trouble – Unknown Mortal Orchestra
Deixe Me Ir – 1Kilo, Long Brothers, Low Base
Never Let Me Go – Alok, Bruno Martini, Zeeba
Gravity – Cat Dealers, Evokings, Magga
Thinkin Bout You – Frank Ocean
Pursuit Of Happiness (nightmare) – Kid Cudi, MGMT, Ratatat
Heartless – Kanye West
Passionfruit – Drake
True Colors – The Weeknd
Baptized In Fire – Kid Cudi, Travis Scott
GOT IT GOOD – KAYTRANADA, Craig David
Pesadão – IZA, Marcelo Falcão

CONSELHOS PARA SEGUIR NA HORA! CONTRA ANSIEDADE, RAIVA OU SÓ PARA TER UM TEMPINHO PARA SI MESMO.

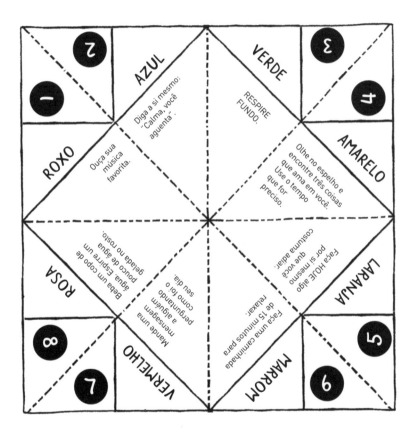

Você também pode jogar com um amigo!

Apaixone-se pela sua Vida

#DICIONÁRIO
do bem ♥

pábitel

do **tcheco**, representa uma pessoa fascinada pelo próprio destino, apaixonada pela vida, que busca a beleza nos objetos e eventos mais simples e sempre molda a realidade a seu gosto; alguém que prova que a vida vale a pena ser vivida.

AS PESSOAS MAIS FELIZES E GRATAS QUE EU CONHEÇO SÃO:

Como posso me inspirar nelas?

**A GRATIDÃO
TRANSFORMA
O QUE TEMOS
EM SUFICIENTE.**

ESCREVA UMA CARTA PARA SEU "EU" DE 5 ANOS ATRÁS. DIGA AS COISAS INCRÍVEIS QUE ELE PRECISA AGRADECER.

COISAS QUE O DINHEIRO NÃO PODE COMPRAR:

CAÇA-PALAVRAS

ENCONTRE AS PALAVRAS QUE VOCÊ SEMPRE DEVE BUSCAR NA SUA VIDA

A	R	I	T	O	M	A	L	T	I	N	I	C	S	O
T	A	B	G	R	A	T	I	D	A	O	G	A	O	R
E	D	S	I	E	Ç	A	B	C	T	I	E	L	C	G
N	B	R	E	S	P	I	R	A	Ç	A	O	M	O	U
Ç	C	O	R	I	M	A	D	A	D	E	R	A	R	L
A	B	R	E	L	I	B	P	E	R	D	A	O	R	H
O	R	A	Ç	I	R	I	O	A	S	A	L	A	E	O
P	S	I	L	E	N	C	I	O	L	I	N	B	M	R
L	A	S	A	N	E	S	T	E	S	M	C	R	P	N
E	L	Z	B	C	O	M	P	A	I	X	A	O	A	I
N	I	T	I	I	D	E	Z	A	S	E	I	D	T	T
A	E	Ô	R	A	M	O	R	P	R	O	P	R	I	O
S	N	S	P	A	C	I	E	N	C	I	A	I	A	R
A	A	M	I	Z	A	D	E	M	E	M	E	A	L	R

GRATIDAO, RESILIENCIA, EMPATIA, AMOR PROPRIO, ATENÇAO PLENA, RESPIRAÇAO, SILENCIO, PERDAO, ORGULHO, COMPAIXAO, PACIENCIA, PAZ, ALMA, AMIZADE

MOMENTOS EM QUE VOCÊ
SENTIU UMA ALEGRIA
INDESCRITÍVEL OU
NÃO FOI CAPAZ DE CONTER
A GARGALHADA:

DESTAQUE OS BILHETINHOS E ESPALHE POR AÍ PARA AJUDAR QUEM PRECISA!

A gratidão faz a gente enxergar a vida com outros olhos.

Sua vida se desenvolve de acordo com a sua coragem.

acredite na mudança

Você sobreviveu a 100% dos seus piores dias. este vai passar também. ♡

certas coisas nunca serão resolvidas (e tudo bem!!!)

Faça da empatia o seu superpoder.

LEMBRETE: Relaxe.	O amor é contagioso.
SIMPLIFIQUE.	Mesmo que a dor te mude, não deixe que a te defina.
 TENTE OUTRA VEZ.	elogie mais

ANSIOSO?

LISTE AQUI TUDO O QUE VOCÊ PRECISA FAZER HOJE.

AGORA, SIGA A LISTA FAZENDO UM ITEM DE CADA VEZ E PENSANDO APENAS NA TAREFA QUE PRECISA SER CONCLUÍDA NO MOMENTO.

DEIXE SUAS PREOCUPAÇÕES NESTA PÁGINA E SIGA A VIDA. :)

SEJA UMA PESSOA BOA, JUSTA E NÃO TENHA MEDO DE LEVANTAR A VOZ QUANDO FOR NECESSÁRIO. VOCÊ NÃO PRECISA SE PREOCUPAR EM AGRADAR AOS OUTROS O TEMPO TODO.

HÁBITOS QUE VOCÊ PRECISA ABANDONAR COM URGÊNCIA:

- TENTAR AGRADAR A TODOS;
- FICAR SE COLOCANDO PRA BAIXO;
- VIVER PRESO AO PASSADO;
- TER MEDO DE MUDANÇAS;
- PENSAR DEMAIS;
-
-
-
-
-
-
-
-

Perceba como você é abençoado

BOCEJE!

TALVEZ VOCÊ NÃO ESTEJA
COM VONTADE, MAS BOCEJE!
COMECE FORÇANDO QUE
O BOCEJO VEM. COM CERTEZA
ISSO VAI TE ACALMAR.

O QUE VOCÊ AMA
FAZER OFF-LINE?

LISTE AQUI OS FILMES QUE TE INSPIRAM!

Fotografe e publique para que seus amigos possam se inspirar com eles! Não se esqueça de colocar a tag #LivroDaGratidão pra gente ver também!

#Xô negatividade!

Selecione o que vale a pena manter na sua vida. Observe o impacto direto que aquilo que você consome causa no seu humor. Livros, filmes, séries, alimentos, bebidas: como você se sente? O que não te faz bem, não vale a pena.

PEQUENAS VITÓRIAS DA VIDA :)
Colecione aqui as medalhas de tarefas que parecem corriqueiras para os outros, mas são um desafio para você!

NÃO ESPERE
RESULTADOS IMEDIATOS.
TUDO NA VIDA
LEVA TEMPO.

PARA SE DISTRAIR QUANDO AS COISAS PARECEREM RUINS...

Faça uma xícara de chá.	Procure projetos para fazer sozinho.	Tire uma soneca.
Pense no que te faz sorrir.	Mande uma mensagem/ elogio para alguém.	Faça uma lista de sonhos e objetivos.
Digite até se sentir melhor.	Lembre-se de que tudo vai ficar bem.	Cozinhe algo.

ENVELHECER É PARTE DA VIDA. O QUE VOCÊ APRENDEU COM O PASSAR DOS ANOS?

CALMARIA EM PIRÂMIDE

Vamos respirar e entrar nos eixos? Comece no canto esquerdo e, seguindo as coordenadas, complete dez voltas no triângulo.

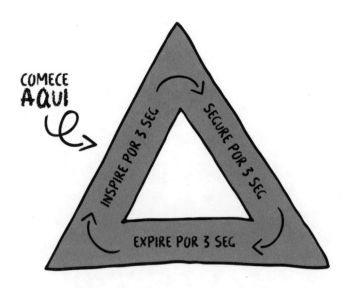

RISCO CALCULADO:
SAIBA AVALIAR
O QUE CABE OU NÃO
NA SUA VIDA
ANTES DE TOMAR
UMA ATITUDE.

#DICIONÁRIO do bem ♥

ayurnamat

do **inuit**, remete à filosofia de que não há motivo para se preocupar com eventos e situações que não podem ser mudadas. Se você parar bem para pensar, até ecoa um **Hakuna Matata** na nossa mente, não é?

AFASTE O FOCO DA DOR QUE VOCÊ SENTE.

QUANTAS PESSOAS AO SEU REDOR APRECIARIAM SUA GRATIDÃO?

Família, amigos e colegas: quem você aprecia e por quê? Talvez alguém próximo precise de um estímulo, e o simples ato de ouvir um agradecimento sincero pode ajudá-lo.

Verbalize sua gratidão. Você pode se surpreender com o bem que é capaz de fazer apenas por deixar claro a alguém o quanto ele é importante na sua vida.

QUAIS SÃO OS PENSAMENTOS NEGATIVOS QUE VOCÊ TEM COM MAIS FREQUÊNCIA?

Tente reescrevê-los de forma mais positiva.

PEGUE UM agradecimento

INCRÍVEL.

OBRIGADO

BOM TRABALHO

GRATIDÃO!

AMO VOCÊ.

OBRIGADA POR SE ESFORÇAR

VALEU PELA FORÇA!

SEU TRABALHO É INCRÍVEL.

COLOQUE NESTA PÁGINA AS LEMBRANÇAS DAS PESSOAS MAIS IMPORTANTES DA SUA VIDA.

Caso se sinta à vontade, fotografe e publique com a tag #LivrodaGratidão para espalhar amor.

O instinto de se comparar aos outros e medir o seu sucesso de acordo com as conquistas alheias é humano, mas não é nem um pouco saudável: só você conhece seus medos e necessidades mais profundos, e isso interfere na sua avaliação da vida. Quando você olha para alguém, tudo o que vê é o que a pessoa escolheu mostrar, e a chance de aquilo lhe parecer melhor é muito grande. No entanto, essa pessoa pode ter a mesma sensação de inferioridade quando olha de volta para você, porque só ela conhece seus próprios sentimentos, medos e anseios.

O segredo é AGRADECER por aquilo que você tem e PLANEJAR o que você busca, fazendo sempre o melhor, sem se comparar com os outros.

QUE SITUAÇÕES VOCÊ COSTUMA
DEIXAR PARA LÁ, MAS QUE
VALERIAM UM AGRADECIMENTO?
NÃO DEIXE A OPORTUNIDADE PASSAR:
AGRADEÇA A TODOS QUE PUDER.

#DICIONÁRIO do bem

philocalist

do **inglês**, representa um amante da beleza; aquela pessoa que encontra e aprecia a beleza em tudo.

PLAYLIST

VAI FICAR TUDO BEM

Either Way – Wilco
Singular – Anavitória
Old Pine – Ben Howard
Over It Over Again – She & Him
Slow Life – Of Monsters and Men
Saturday Sun – Vance Joy
The Truest Stars We Know – Iron & Wine
Origami – MAR ABERTO
Above The Clouds Of Pompeii – Bear's Den
The Night We Met – Lord Huron
Settle Down (triple j Like A Version) – City and Colour
Stories We Build, Stories We Tell (With The Brite Lites) – José González
Summersong – The Decemberists
Paper Bag – Fiona Apple
First Day Of My Life – Bright Eyes
Sleepin In – The Postal Service
Glory – Bastille
Nothing's Wrong – HAIM
Silver Lining – Rilo Kiley
Burn it Down – Daughter

Cada dia é um Presente
NÃO DEVOLVA SEM ABRIR.

UMA VIDA MAIS SAUDÁVEL SIGNIFICA:

1. COMEÇAR DE NOVO, COM LEVEZA, TODOS OS DIAS.
2. DEIXAR O CELULAR DE LADO QUANDO ESTIVER COM OUTRAS PESSOAS.
3. NUNCA IR AO MERCADO DE ESTÔMAGO VAZIO.
4. VESTIR-SE COMO VOCÊ SE SENTE BEM.
5. FAZER DA SUA CASA UM LUGAR DE CONFORTO E BEM-ESTAR.
6. DORMIR 8 HORAS POR NOITE.
7. USAR PROTETOR SOLAR SEMPRE.
8. CONTAR ATÉ 10 E RESPIRAR FUNDO QUANDO ESTIVER NERVOSO.
9. PARAR DE PROCURAR DIAGNÓSTICOS NO GOOGLE.
10. APRENDER A CUIDAR DE PLANTINHAS E PASSAR MAIS TEMPO COM UM ANIMAL DE ESTIMAÇÃO.

"apesar de saber
que não estarão aqui por muito tempo
eles ainda optam por viver
suas vidas mais brilhantes
– girassois"

"o dia em que você tiver tudo
espero que você lembre
quando você não teve nada"

Rupi Kaur

REFLITA SOBRE O SEU PROGRESSO TODOS OS DIAS. LEMBRE-SE COM GRATIDÃO DO QUE VOCÊ CONQUISTOU E FOQUE AINDA MAIS NO QUE PRETENDE CONQUISTAR.

Como reagir a um elogio

1. ESCUTE
2. RESPIRE FUNDO
3. SORRIA
4. AGRADEÇA

(Percebeu que não tem "julgamento" nos tópicos?
É porque você pode aceitar um elogio sem questionar.)

O QUE VOCÊ PODE ADMIRAR EM SI MESMO E NOS OUTROS:

Fotografe e publique no Instagram com a tag #LivrodaGratidão.

RESERVE MOMENTOS PARA FAZER UMA PAUSA.

GRATIDÃO É...

FELICIDADE É...

COLECIONE BOAS NOTÍCIAS NESTA PÁGINA! VALE COLAR, PRENDER OU SIMPLESMENTE COPIÁ-LAS POR AQUI.

QUANDO SE SENTIR SEM ESPERANÇA, VENHA DAR UMA OLHADA NAS MANCHETES QUE VOCÊ GUARDOU.

#DICIONÁRIO
do bem ♥

augenblick

do **alemão**, significa literalmente "num piscar de olhos" e representa um rápido "momento decisivo", aquela situação que é fugaz, mas incrivelmente significativa. Afinal, nesse mínimo intervalo de tempo, a nossa vida pode mudar.

PAZ NO SEU JARDIM

Quem foi que disse que as flores não podem ser uma inspiração para o seu ritmo respiratório? Trace as pétalas lentamente, inspirando a cada duas pétalas e expirando a cada duas também.

Não é a felicidade que nos torna gratos, é a gratidão que nos torna felizes. A gratidão é uma escolha. Para muitos de nós, uma escolha difícil.

se você está esperando por um sinal, é este.

ANOTE AQUI AS MÚSICAS QUE ENCHEM SEU CORAÇÃO DE GRATIDÃO.

Fotografe e compartilhe com a tag
#LivrodaGratidão para todo mundo ouvir também!

Procrastinação? AQUI **NÃO**.

Sabe o que aumenta seu sentimento de gratidão? Perceber que você foi capaz de completar tarefas, por menores que elas sejam. O acúmulo deixa a gente nervoso. Por isso, em vez de perder tempo com coisas sem importância, comece o dia fazendo uma lista do que você precisa fazer (uma lista objetiva, sem ficar incluindo itens à toa!) e tente resolver o máximo possível. A sensação de dever cumprido é impagável!

APRENDA A DESCANSAR SEM ADIAR AS RESPONSABILIDADES

TRANSFORME A PALAVRA
OBRIGADO
EM ALGO FREQUENTE
NO SEU VOCABULÁRIO.

É HORA DE TER UM MOMENTO ESPECIAL CONSIGO MESMO. PASSEIE PELAS SUAS MEMÓRIAS ESPALHADAS PELA CASA E APROVEITE PARA FAZER UMA LIMPEZA: TIRE DOS ARMÁRIOS AQUILO QUE VOCÊ NÃO USA MAIS E QUE PODE SER ÚTIL A ALGUÉM. SEPARE DOAÇÕES. DEPOIS, TOME UM LONGO BANHO E AGRADEÇA POR TUDO O QUE VOCÊ AINDA TEM.

#DICIONÁRIO
do bem ♥

ataraxia

do **grego** antigo, significa "um estado lúcido de serenidade"; livre de perturbações emocionais e ansiedade, numa verdadeira paz de espírito.

OS MOMENTOS MAIS FELIZES DESTE ANO:

though
#xô negatividade!

A gente sabe que, às vezes, parece muito mais fácil encontrar culpados para os nossos problemas. Mas quer uma dica impagável? Fuja do papel de vítima sempre que puder. Isso mesmo, nada de abraçar as dores e sofrer como se fosse o único infeliz no mundo: só você pode controlar sua reação diante daquilo que a vida lhe impõe. Seja uma pessoa melhor e isso fará a diferença no seu bem-estar. Afinal, o problema não se resolve só porque a gente encontrou outra pessoa para culpar.

FAÇA UM AUTORRETRATO.

Fotografe e publique com a tag #LivrodaGratidão.

Separe alguns minutos para si mesmo. Olhe-se calmamente no espelho, reparando em cada detalhe do seu corpo. Seja grato por ele, por tudo o que ele te permitiu fazer até hoje, por todos os caminhos que ele ainda vai percorrer. Conheça suas marcas, suas limitações. Olhe para aquilo que você considera mais atraente e para aquilo que você evita reparar. Repita esse exercício sempre que sentir que está perdendo a conexão consigo mesmo. Conheça-se. Cuide-se. Lembre-se:

SEU CORPO É INCRÍVEL, UMA FERRAMENTA PODEROSA PARA REALIZAR SEUS SONHOS. APRENDA A AMÁ-LO.

#DICIONÁRIO do bem ♥

mono no aware

do **japonês**, remete à consciência da impermanência ou transitoriedade de todas as coisas e à leve tristeza que a gente sente quando acaba.

ESCREVA UMA CARTA AGRADECENDO PELAS COISAS QUE VOCÊ AMAVA, MAS QUE ACABARAM.

QUANDO ALGO ESTIVER DANDO ERRADO, SEPARE UM TEMPO PARA AGRADECER POR TANTAS OUTRAS COISAS QUE ESTÃO DANDO CERTO.

"Mesmo que você não tenha todas as coisas que quiser, seja grato pelas coisas que não tem e que não quer."

Bob Dylan, *CRÔNICAS*

AS MELHORES ESCOLHAS QUE VOCÊ FEZ NA VIDA ATÉ HOJE:

Não desista depois que algo não der certo. Saiba que isso é apenas uma chance de começar de novo e se tornar ainda melhor.

SORRIA!

Sério, sorria mesmo. Relaxe o corpo. Expresse um sorriso, mesmo que sem vontade, – de dentro para fora. Pense em coisas que te façam bem. Exercite os músculos do rosto. Sorria! Várias vezes por dia.

DO QUE VOCÊ PODE SE ORGULHAR HOJE?

PENSE EM ALGO SIMPLES DA NATUREZA QUE TE TRAZ ALEGRIA!

#DICIONÁRIO do bem ♥

dadirri

do **aborígene australiano**, é o conceito de ouvir profundamente seu interior e criar uma consciência ainda mais silenciosa; uma verdadeira experiência de "sintonia" que te permite compreender a beleza da natureza, profundamente.

A FLOR DA GRATIDÃO

Quem já brincou dizendo que o amor é uma flor roxa, ainda não conheceu a flor da gratidão! No Japão, as hortênsias, quando presenteadas a alguém, expressam gratidão pela compreensão – isso porque essas flores simbolizam as emoções mais sinceras. Acredita-se que, quando elas são roxas, indicam um desejo de compreensão profunda de outra pessoa ou sinalizam abundância e riqueza. Elas são lindas, volumosas e, sobretudo, cheirosas! Já encontrou as suas por aí? :)

O ANO EM PIXELS

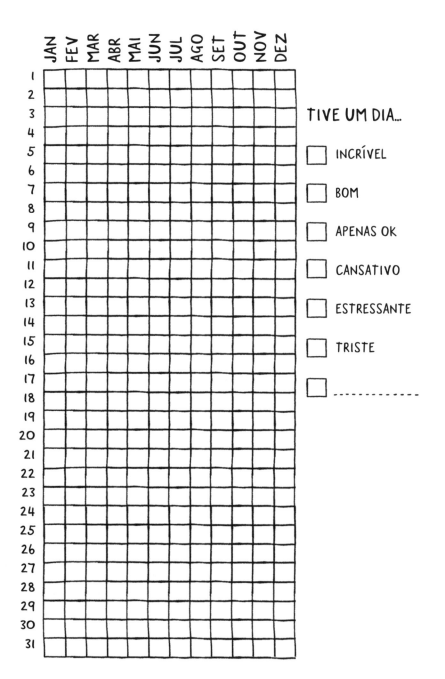

CONHEÇA TODOS OS NOSSOS LIVROS!

Páginas: 224
Formato: 14 x 21 cm

O Livro do Bem
Coisas para você fazer e deixar o seu dia mais feliz

Este é um livro diferente, porque é sobre alguém muito especial: você. É um espaço para você fazer coisas que vão colocar um sorriso no seu rosto e deixar a sua vida mais alegre e feliz. São pequenas e grandes atitudes que vão lembrar você que tudo sempre pode ser melhor e mais divertido se a gente der uma chance, e que cada segundo da vida vale a pena até quando a gente tende a não a acreditar muito.

Este é um livro sobre amor, felicidade e alegria de viver. Mas ele só vai acontecer completamente se você topar embarcar nessa loucura, fazendo-o seu de verdade. Cada minuto que você dedicar a estas páginas farão com que este livro se torne mais completo e mais seu. Então vem!

Páginas: 192
Formato: 14 x 21 cm

O Livro do Bem 2
Para se aventurar e ver o mundo com outros olhos

Este é um livro cheio de aventuras, mas com aquele toque de amor e motivação para realizar os sonhos, porque a gente sabe que, às vezes, faz falta um empurrãozinho no meio da luta diária.

Além de explorar seus sentimentos, convidamos você a sair da zona de conforto e observar o mundo à sua volta, seja viajando, seja conhecendo sua cidade, seja tomando coragem para conhecer as pessoas e as coisas que estão por perto e que você nem sempre nota.

Este é um livro sobre viagens – dentro e fora do seu coração. É um mapa para as coisas pequenas e especiais da vida. Cada minuto que você dedicar a ele tornará sua visão de mundo ainda mais ampla e especial. Mas ele só vai te mostrar os caminhos se você topar embarcar nesta loucura, fazendo-o seu de verdade.

Páginas: 96
Formato: 15,5 x 15,5 cm

O Livro do Amor
Indiretas para quem a gente ama

Tem gente que faz nosso coração bater mais forte. Que coloca um sorriso em nosso rosto. Que faz a gente acreditar no amor. É gente que combina com a gente em tudo, que torna nossos sonhos reais, que nos dá força e coragem pra viver a vida. Para esse tipo de gente, há um jeito todo especial de dizer "eu te amo": este livro cheio de mensagens de amor, feito com muito carinho, que você merece muito receber.

Páginas: 84
Formato: 25 x 25 cm

O Livro do Sossego
Para colorir, relaxar, desestressar e deixar sua vida mais leve

O mundo está muito acelerado. A todo momento somos bombardeados por informações, compromissos, mensagens, solicitações, notícias, pedidos e tantas outras coisas. Tudo acontece sem parar, estamos constantemente atrasados e com muito para fazer. Ufa! Precisamos de um pouco de... SOSSEGO!

Por isso fizemos este livro: para que você tenha momentos de relaxamento, tranquilidade e prazer só seus, pintando e colorindo lindos desenhos, criados com muito carinho só para você, seja qual for a sua idade. Desestresse-se, fique leve, escolha as cores e deixe seu artista interior falar mais alto.

Páginas: 256
Formato: 10,5 x 16 cm

Recados do Bem

Este livro foi inspirado no projeto do @instadobem e traz 52 textos pensados para te ajudar a enxergar a vida de forma mais positiva. Com ele você também pode planejar, semana a semana, a prática de novas ideias e de novos olhares sobre a vida que leva. Com certeza seu ano não terminará da mesma forma que começou.